KB271169

사랑스러운 내면아이 둥이에게
이 책을 바칩니다.

내가 지구별에 온 날

"지구행 우주선이 도착했습니다
선착순 한 명만 탈 수 있사오니
탑승을 원하는 분은 서두르십시오"
삑—

난 숨이 끊어질 듯 내달려
1등으로 우주선 안에 들어왔어
곧바로 뒤에서 문이 닫히고
광활한 우주로 사뿐 날아올랐지

"116호선 탑승을 환영합니다.
목적지인 지구에 도착하려면
앞으로 280일 정도 걸립니다.
즐겁고 편안한 여행 되십시오."

"116호선 탑승을 환영합니다.
목적지인 지구에 도착하려면
앞으로 280일 정도 걸립니다.
즐겁고 편안한 여행 되십시오."

우주선의 분홍빛 실내는
아늑하고 따사로웠어.
어디선가 둥둥둥 북소리
아득하게 가슴을 울렸지.

먹고 싶을 때 맘껏 먹고
자고 싶을 때 한껏 잤더니
몸이 점점 부풀어 올라
방이 차츰 비좁아 졌어.

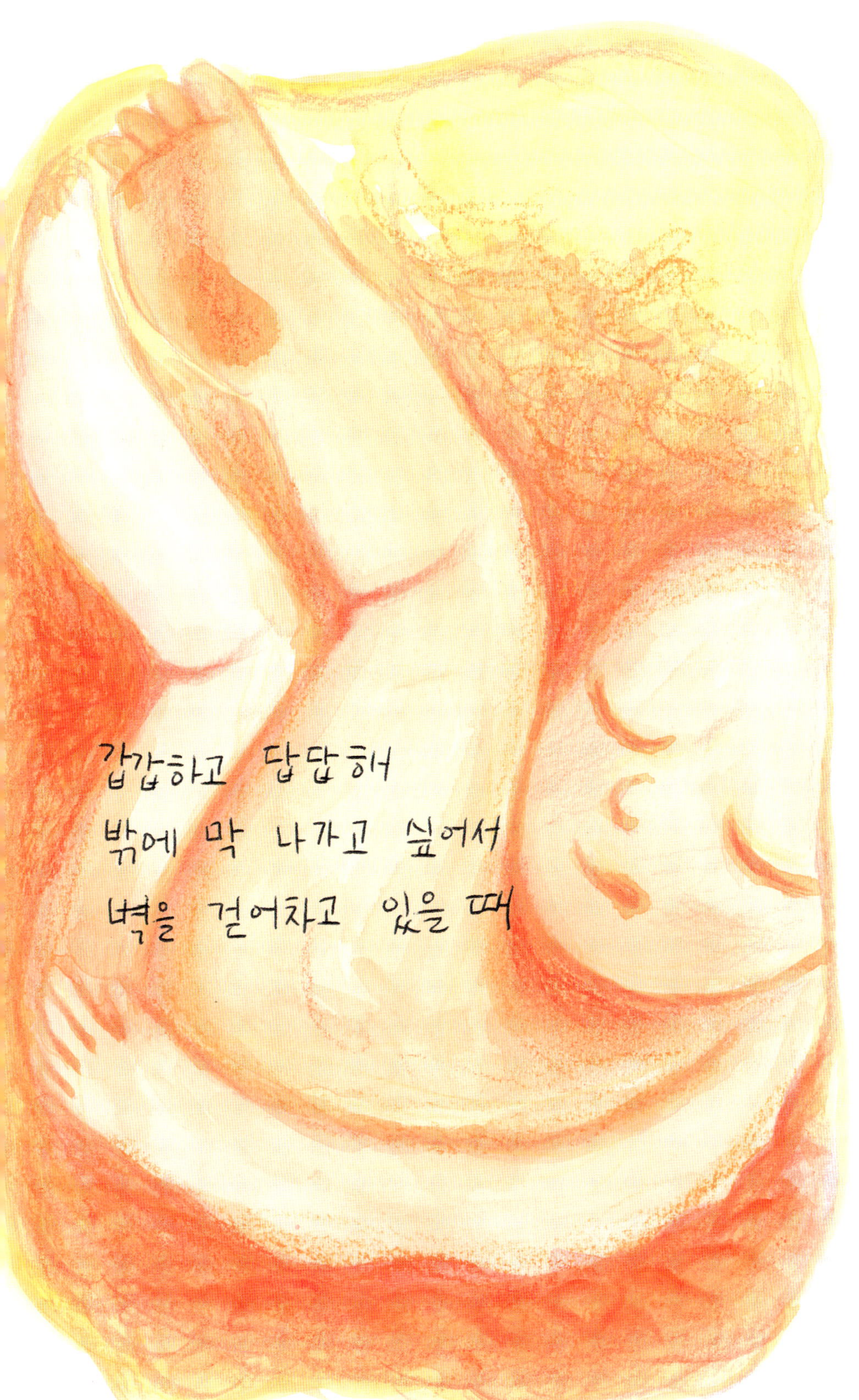

갑갑하고 답답해
밖에 막 나가고 싶어서
벽을 걷어차고 있을 때

"우주선이 지구에 도착했습니다.
문밖을 나서면 떠들썩할 것입니다.
혹시 엉덩이를 세게 얻어맞더라도
당황하지 말고 한 번 울어주십시오."

드디어 문이 열리고
눈부신 지구별에 뛰어내릴 때
나는 힘차게 외쳤지

OH!

나비연

동시 쓰고, 그리고, 노래하는 지구별 여행자.
2014년 『동시마중』 제23호 등단.

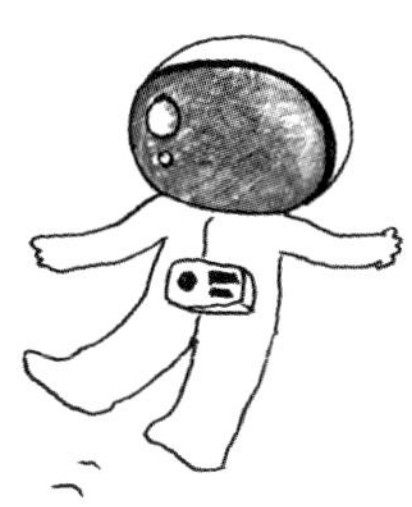

내가 지구별에 온 날

2020년 11월 11일 1판 1쇄
2021년 10월 10일 2판 1쇄

지은이 : 나비연

시·그림·글씨 : 나비연 ┃ 펴낸이 : 노현동 ┃ 기획·편집·디자인 : 나비연, 노현동
제작·인쇄 : 영신사 ┃ 펴낸곳 : 있는 그대로 출판사
출판등록 : 2020년 9월 9일 제651-2020-000044호
주소 : (우) 63531 제주도 서귀포시 안덕면 감산로 25-1
전화 : 010-2700-3283 ┃ 전자우편 : dooong_pan@naver.com
인스타그램 : @dooong_pan

＊이 책은 서울문화재단 '2017년 첫 책 발간 지원사업' 의 지원을 받아 발간되었습니다.
＊이 책은 제주특별자치도, 제주문화예술재단의 2021년도 문화예술지원사업의 후원을 받아 발간되었습니다.

ISBN 979-11-972098-1-9 03810

내가 지구별에 온 날

글·그림 나비연

작가의 말

나는 달리기를 잘 못하는 편인데, 엄청나게 열심히 달려 1등으로 우주선에 올라탔다. 왠지 몰라도 엄청 지구별에 가고 싶었다. 거기에 가면 왠지 엄청나게 행복할 것 같았다. 엄청 사랑 받고, 또 엄청나게 사랑할 수 있을 것 같았다.

막상 여기 와보니 생각처럼 안 돼서 실망할 때도 많았지만, 그래도 지구별에 오니 참 좋다. 사람의 몸으로 태어나 힘들 때도 많았지만, 그래도 사람으로 태어나 참 행복하다. 이렇게 시를 쓰고, 그리고, 노래할 수 있어 참 감사하다.

우주선에서 뛰어내린 후, 지구별을 여행하여 주운 시들을 모아 첫 책을 만들었다. 이 책이 세상에 나오기까지 사랑의 빛을 보내준 많은 존재들에게 감사하다.

이 책을 있는 그대로, 존재만으로 사랑스러운 세상 모든 '둥'이에게 바친다. 지구별을 여행하는 모든 '둥이들이 행복하고, 자유롭고, 평화롭기를.

"May all beings be happy."

나비연

내가 지ㄱ...

내가 지구별에 온 날 4
작가의 말 18
차례 20
지구별 정보·여행준비물 24

로그인 29   나 31   나는 나 32
몸 33   로봇1 34   로봇2 35   비밀이야기 36
문제1 37   집, 차, 그리고 여행가방 38
기억력 좋은 아이 40

외로운 한 아이에게 42   반짝반...
같은 배 출신 46   씨앗 47   치키통 빼리...
달리기 구경 50   말범새 52
동네 사람은 다...

파이팅 56
전쟁이 싫은 이유 57
푸른 벽 58 내 꿈은 땅부자 59
인은 누구? 60 나는 장의사 62
우리는 65 엄마 아빠의 연애
이야기 66
물고기 이름 68 예의바른
할무니 말씀 70 비들기 69
불쌍해와 맛있겠다 사이기

그 시절
우리는 73
나를 바라보는
흰 고양이 74
나 아무리 작아도 75
상상할 수 없어 76
오늘의 노래 78
하고 싶다의 일생 82
아홉 번의 삶 83
만일 내가 어린아이
된다면 84
나는 날 몰라요 85
마음의 방 86

처럼 놀아요 45
결혼하자 49
53

유럽
아시아
아프리카
인도양
오세아

북극해
북아메리카
남아메리카
대서양
태평양
남극해

정보

- 나이 : 약 46억살
- 몸무게 : 5,9730 × 10²⁴ k
- 극반지름 : 약 6,357 km
- 적도 반지름 : 약 6,378km
- 표면 중력 : 9,780m/s² (중력이 있어서 우주로 안 떨어짐)
- 자전 주기 : 약 24시간
- 공전 주기 : 약365일

◉ 태양에서 셋째로 가까운 행성. 동그란 모양이며 지각, 맨틀 지핵부로 이뤄져 있다.

* 태양계 : 태양을 중심으로 타원운동하는 8개의 행성 및 소행성 등으로 구성된 천체.

◉ 태양계 내 행성 중 생명이 사는 유일한 행성

태양으로부터 적당한 거리에 떨어져 있어서 너무 뜨겁지도 차갑지도 않아 생명체가 살기에 좋은 온도를 갖추고 있다.

특징

○ 인류를 비롯한 수많은 생명체가 존재하고 있다

○ 대기와 물이 있어서 생명체가 살기에 적합한 축복받은 별이

○ 비, 바람, 눈, 구름, 태풍, 호수, 천둥 등 여러가지 날씨 현상을 느낄 수 있다. (*화산, 폭풍, 해일, 홍수 지진 조심!!)

- 낮에는 햇빛을 느낄 수 있고, 밤에는 달을 볼 수 있다.
- 산지와 평야, 강, 바다, 해안, 섬, 사막, 고원 등 자연의 아름다운 볼거리가 가득하다.
- 지구인이 만들어낸 독특한 문화와 풍습, 언어, 예술, 건축 등 다양한 풍경을 만날 수 있다.
- 봄, 여름, 가을, 겨울 사계절의 변화를 경험할 수 있다.

여행 준비물

필수

몸

몸이 없으면 여행 절대 불가!! (1 존재당 1개씩)

* 어떤 몸이든 주어진 대로 여행해야 함.

마음

생존에 필요한 것

산소 물 밥 잠

일 휴식 사랑

자연

* 자연이 없으면 생명체는 살 수 없음.

있으면 좋은 것

집 돈 가족 옷

책 신발 등등...

* 돈이 목적이 되면 여행자의 신분을 잃을 수 있음.

비자

※ 여행 목적일 시 (운 좋으면) 120년까지 무비자로 체류 가능

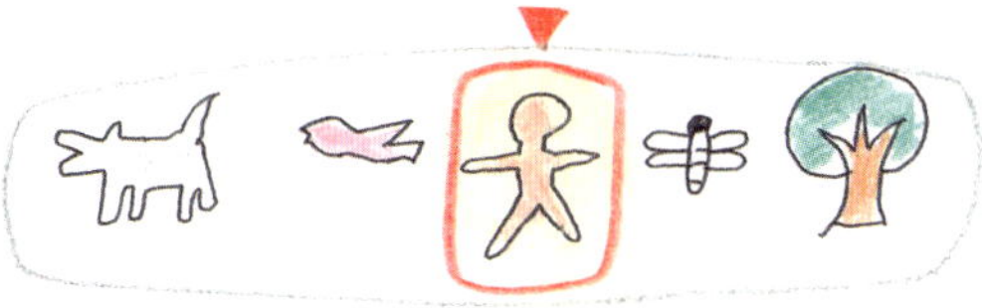

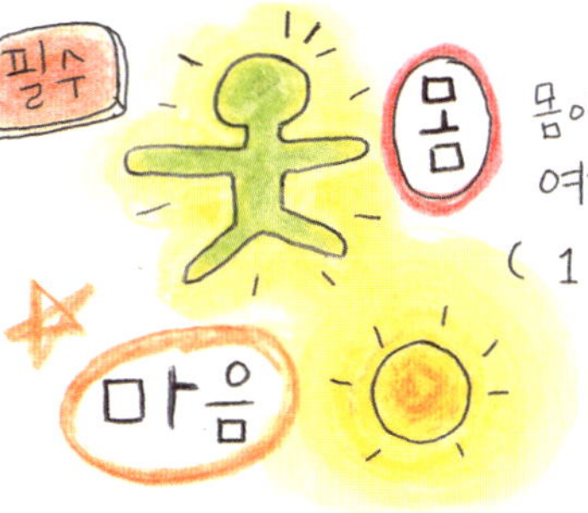

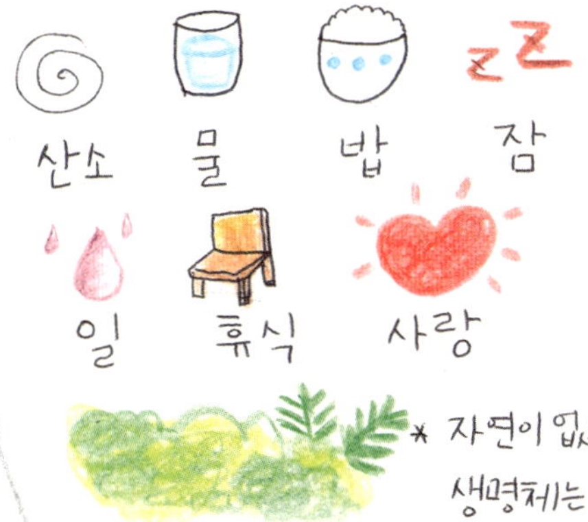

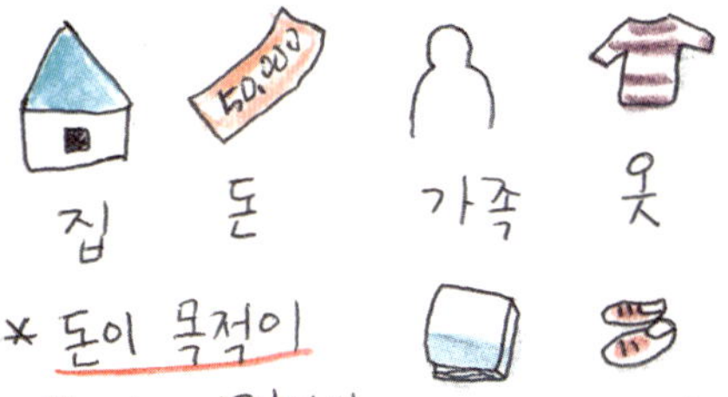

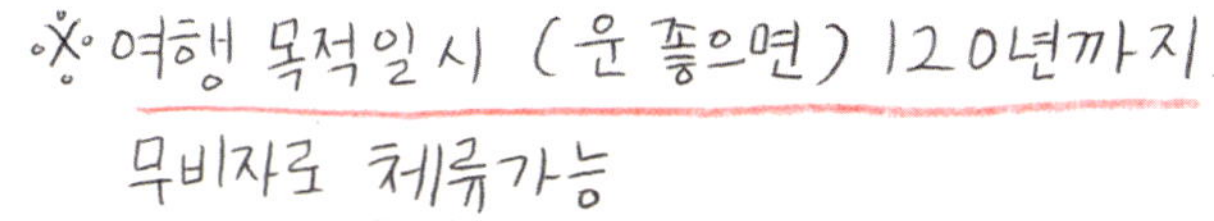

kimdust0116

로그인

"아이디를 입력해 주세요."
- ID : kim dust 0116

"비밀번호를 입력해 주세요."
- PW : *******

"여행자 명단을 확인 중입니다.
잠시만 기다려 주십시오."

....

"지구별 접속이 완료됐습니다.
즐거운 여행하시길 바랍니다."

나

마음 마
음 마음 마음
마음 마음
마음
마음 마음 마음 마음 마음 마음 마음 마음
마음 마음 마음 마음 마음 마음 마음 마음
마음 마음 마
음 마음 마음
마음 마음 마
음 마음 마음 마
음 마음   마음 마
음 마음   마음 마
음 마음   마음 마
음 마음   마음 마

나는 나

사람 안에 담겨
사람이 됐고

여자 몸에 살게 돼
여자가 됐고

여자로 태어나서
딸이 됐고

늦게 와서
동생이 됐고

한국에 도착해서
한국인이 됐고

나이를 먹어서
어른이 됐지만

나는 나
언제나 나

몸

그릇
영혼을
담는 그릇
숨 쉬는 그릇
움직이는 그릇
말랑한, 딱딱한,
시시때때로 변하는
마음을 담는 그릇
기쁨, 사랑, 마움, 분노,
두려움, 짜증, 슬픔, 행복
보이지 않는 걸 보여주는 그릇
나를 담는 그릇
지금은 단단하지만
서서히 낡을 그릇
언젠가 깨어질 그릇

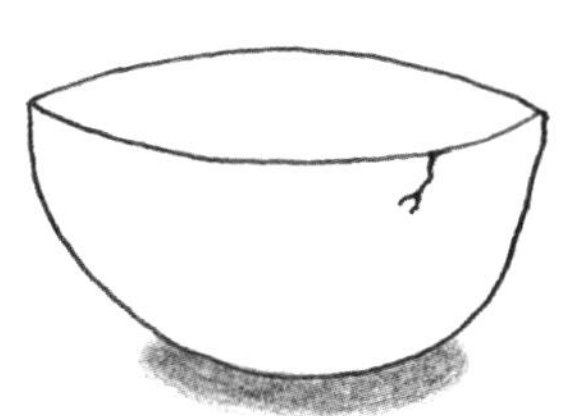

로봇1

나는 로봇이 아닐까
누군가 섬세하게 만든 로봇
뼈와 피와 살로 이뤄진
36.5도의 따뜻한 로봇

전기 에너지가 나가면
전원이 나가면 꺼지니까
매일 잠으로 충전하고 밥으로
에너지를 만드는 인간 로봇

열 손가락을 꽉 구부렸다 펴면
살 속에 비치는 빨간 선, 파란 선
우리는 로봇이 아닐까

로봇2

호랑이도 로봇이 아닐까
날카로운 송곳니, 탄탄한 넓적다리
긴 꼬리와 얼룩 털 한 가닥까지
정교하게 설계된 로봇

바람결에 살랑 흔들리는 풀도
꺾으면 푸른 즙이 나오는 로봇
내 귀에서 잉잉거리는 모기도
스스로 태양을 도는 지구도

어쩌면 모두 로봇이 아닐까

비밀 이야기

안드로메다에서 왔다는
동네 고양이가 말해준 건데
여기가 바로 천국이래
하얀 보름달
철썩거리는 바다
은빛 물고기 떼
싱싱한 들쥐 대가족
닭고기 통조림을 따 주는
손이 있는 곳은
우주 맨 처음부터
끝까지 둘러봐도
딱 한 곳 밖에 없대
보고, 듣고, 만지고,
느낄 수 있는 세계는
이곳 밖에 없대

(쉿!)

문제 1

나는 누구일까요? 다음 보기 중
가장 가까운 것을 고르시오. (중복 가능)

① 동물
② 사람
③ 괴물
④ 로봇
⑤ 외계인

집, 차, 그리고 여행가방

몸은 집,
나 여기 살고 있으니
나의 몸은 나의 집
몸이 있는 곳은 어디든 나의 집

몸은 차,
나 이 몸 타고 다니니
나의 몸은 나의 차
몸을 타고 세상 어디든 갈 수 있지

몸은 가방,
이 안에 많은 것 담을 수 있으니
나의 몸은 나의 가방
밥, 책, 꿈, 풍경, 추억, 사랑, 우주, 시, 별, 노래
무엇이든 담을 수 있지

삶은 여행,
나 지금 여행하고 있으니
나의 몸은 여행가방
오늘 무엇을 담을지 설레는 여행가방

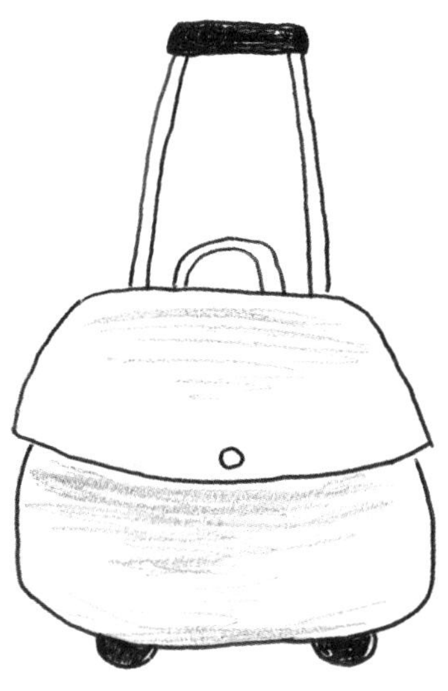

기억력 좋은 아이

세 살 때였어. 마트에서 알록달록 보석이 박힌 황금빛 왕관을 사달라고 졸랐더니 엄마가 "안 돼!" 난 바닥에 누워 울면서 고릴라처럼 떼를 썼지. 그러자 혼자 훅 가버린 엄마. 속눈썹에 맺힌 무지개 새로 총총 멀어지던 뒷모습, 아직도 서운해.

첫 돌 때가 떠올라. 반짝이는 눈빛 빼곡히 둘러쌌고 탁자 위엔 청진기, 돈다발, 실타래, 판사 봉, 마이크, 연필이 놓여 있었어. 손을 지폐 쪽으로 옮기자 아빠 입꼬리가 씰룩였지만 끝내 난 연필을 잡았지. 까만 흑심 맛이 꽤 궁금했거든.

세상이 발아래 있었지. 처음 일어섰을 때 말이야 도마뱀처럼 바닥을 뽈뽈 기어 다니다 밥상 모서릴 붙잡고 두 발로 낑낑 섰을 때, 목수건이 온통 땀으로 축축했고 엄마 눈가엔 웃음과 눈물이 대롱거렸어.

그 시절이 좋았지. 엄마 뱃속에 있었을 때. 온종일 철써덕 파도소리 울렸고 몸에 꼭 맞는 그물침

대에 누워 지냈어. 배고프면 그저 대롱을 쭉쭉 빨아댔지. 가장 평화롭고 완벽한 세상이었어.

　지구별에 오기 전 일도 생생해. 태어나기 전 아기들은 머릿속을 새하얗게 지우는데, 한 씨내기 천사의 실수로 내 기억은 고스란히 남았지. 빨간 단추가 아닌 파란 단추를 누르더라고. 그래서 다 기억해. 지구별에 오기 전 내가 누구였고, 어디 있었고, 왜 여기 왔는지….

　넌, 기억나지 않니?

외로운 한 아이에게

애초에 사람은 둘이었단다
남자와 여자가 만나서 씨앗을 만들었고
엄마 뱃속에 뿌리를 내렸지
따스하고 아늑한 동산에서
씨앗은 연분홍 싹을 틔웠어
엄마와 이어진 탯줄로
넌
숨을 쉬고
밥을 삼키고
뼈와 살이 생겨났고
열 손가락이 자랐고
머리카락이 올올이 돋았지
아주 행복했어
언제나 엄마와 둘이 함께였으니
그렇게 평화롭던 어느 날,
갑작스레 동산에서 쫓겨났지 뭐야

"응애응애"

덜렁 너 혼자 말이야

그래서 사람은 날 때부터 외로운 거래
둘이었다가 갑자기 혼자 된 것이니
그래서 애타게 찾아 헤매는 거래
다시 둘이 되기 위하여

반짝반짝

사람들은 반짝이는 걸 좋아해
영원히 변하지 않는다고
사라지지 않는다고

반짝반짝
빛나는 황금
바다색 에메랄드
눈부신 다이아몬드

하지만 정말 소중한 것은
시시때때로 변하고
금방 사라지는 것

반짝 반짝
빛나는 이슬
어린이의 눈망울
시냇물에 흐르는 햇빛

아이처럼 놀아요

네 살배기 승아를 만나면
네 살배기 아이처럼

열 살 짜리 경환이를 만나면
열 살 짜리 아이처럼

서른아홉 소연이를 만나면
서른아홉 아이처럼

예순다섯 순덕이를 만나면
예순다섯 아이처럼

여든한 살 복달이를 만나면
여든한 살 아이처럼

같은 배 출신

한 어머니 배에서 태어났지만
엄마는 여자, 삼촌은 남자

엄마는 하느님을 믿고
큰 이모는 부처님을 믿고

엄마는 고양이를 좋아하고
작은 이모는 개를 좋아하고

엄마는 결혼해서 나를 낳았고
막내 이모는 혼자서 재미있게 산다

같은 배 출신이어도 다 다르다
같은 사람이지만 다 다르다

씨앗

하루살이는 하루살이를 낳고
노랑나비는 노랑나비를 낳고
맨드라미는 맨드라미를 낳고
강아지풀은 강아지풀을 낳고

코끼리는 코끼리를 낳고
고양이는 고양이를 낳고
비둘기는 비둘기를 낳고
복숭아는 복숭아를 낳고

오늘은 시간, 공간을 낳고
우주는 빛과 어둠을 낳고
지구는 땅과 바다를 낳고
생명은 여자, 남자를 낳고

사람은 사람을 낳고
사랑은 사랑을 낳고
미움은 미움을 낳고
오늘은 오늘을 낳고

치키통빼리뽕

하하 호호 웃지 말고
푸랄랄라 푸렐르 웃자

훌쩍훌쩍 울지 말고
치키통빼리뽕 울자

살금살금 걷지 말고
퉁샹깡샹 걷자

짝짝짝 박수치지 말고
우크르트 타키키 박수치자

뭐든지 우리 마음대로
쌜끌랄콧 프싱뽕 욱뀌끼끼

결혼하자

너랑 같이 놀고 싶어
너랑 노는 게 제일 좋아
너랑 있으면 하고 싶은 놀이가
계속 생각나
너랑 있을 때 난 제일 예쁜 아이
나랑 있을 때 넌 최고로 멋진 아이
너랑 계속 놀고 싶어
나랑 딱 백 년만 소꿉놀이하자
우리 결혼하자 평생 짝꿍하자
같이 오래오래 재밌게 놀자
응?

달리기 구경

달팽이가 길을 가네
거북이가 앞지르네

거북이가 길을 가네
토끼가 앞지르네

토끼가 길을 가네
호랑이가 앞지르네

호랑이가 길을 가네
자동차가 앞지르네

그러나 차는 보지 못해

길가에 핀 꽃 한 송이

달팽이는 보고 또 보네
길가에 핀 꽃 한 송이

누가 그걸 다 봤냐면
가만히 앉아있는 돌멩이.

말 냄새

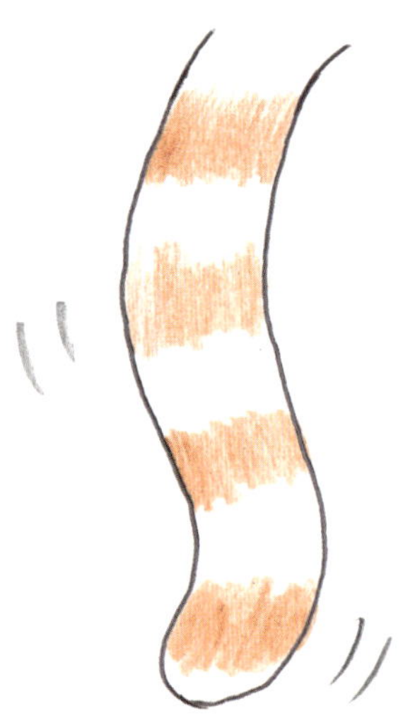

입에서 냄새가 나듯
말에서도 냄새가 나요
비린내, 구린내, 꽃향내

어떤 말을 들으면
군침이 흘러요
꼬리가 살랑거려요

어떤 말은 메스꺼워서
밥맛이 뚝 떨어져요

어떤 말을 들을 땐
소리를 빽 지르고 싶어요
꼬집고 할퀴고 싶어요

어떤 말은
으스러지도록 꼭 껴안고
뽀뽀를 마구 퍼붓고 싶어요

괴물 자동차

박하사탕 좋아하시는 할아버지도
개그맨처럼 웃긴 담임 선생님도
사랑하는 우리 엄마 아빠도

차만 타면
그냥,

검은 차
하얀 차
빨간 차

자동차가
꿀꺽,

사람을 삼킨다

동네 사람은 다 안다

동네 사람은 다 안다
과일 파는 트럭 두 대 어디 있는지

동네 사람은 다 안다
마주 선 트럭 사이 서먹서먹하다는 걸

동네 사람은 다 안다
양쪽 과일트럭 아줌마 캄보디아에서 시집왔다는 걸

동네 사람은 다 안다
왼쪽 집은 아들을 낳았고, 오른쪽 집은 딸을 낳았다는 걸

동네 사람은 다 안다
그 갓난아이들이 벌써 세 살이 됐다는 걸

그러나 동네 사람이 모르는 이 말,
"동네 사람들, 섭섭하이! 입군 지랄!"

캄보디아 말로 '섭섭하이'는 '안녕하세요.'
'업군 지랄'은 '대단히 고맙습니다'

이제 동네 사람은 다 안다
"아주머니, 오늘도 섭섭하이!
맛난 과일 싸게 팔아주셔서 업군 지랄!"

조심 

---

*캄보디아 말 '섭섭하이'의 보다 정확한 발음은 '쏙 서바이', '업군 지랄'은 '어 꾼 찌란' 입니다.

파이팅!

좋은 아침이야
오늘 하루, 파이팅

공부 열심히 해, 파이팅
시험 잘 봐, 파이팅
재밌게 놀아, 파이팅
친구야 힘내, 파이팅
네가 최고야, 파이팅
사랑해, 파이팅
잘 자, 파이팅

하루 종일 파이팅
싸울 때나 안 싸울 때나
언제나, 파이팅!

*파이팅(Fighting)의 본래 뜻은 '싸우는', '싸움.'

전쟁이 싫은 이유

이 땅에 전쟁이 일어나면
풀도 소도 사람도 집을 잃고
엄마와 아빠와 아이를 잃어요

같은 별에 태어난 우리는
강아지부터 할아버지까지
모두모두 한 식구

식구끼리 싸우기 싫어요
무기라는 단어가 싫어요
군대를 없애면 좋겠어요

하루 빨리 통일을 하면 좋겠어요
절대 군대 가기 싫어서가 아니에요
흠, 나는 정말 전쟁이 싫어요

푸른 별

흙 한 알
풀 한 포기
꽃 한 송이
개 한 마리
사람 한 명
동전 한 닢
공기 한 숨
산 한 덩이
바다 한 컵

모두
푸른 별의 것

지구의 것

내 꿈은 땅 부자

나는 부자가 되면
땅을 아주 많이 살 거야

넓은 땅 가득가득

감나무, 사과나무, 도토리나무,
딸기, 머루, 감자, 옥수수, 상추,
해바라기, 벼, 콩, 풀을 심을 거야

배고픈 까치랑 애벌레랑 들쥐랑
멧돼지랑 오소리랑 반달가슴곰이랑
고라니랑 참새랑 메뚜기랑 바구미랑

사이좋게 둘러앉아

마음 놓고 먹을 수 있는
푸짐하고 제멋대로인 밥상
온 세상 가득가득 차릴 거야

범인은 누구?

길가에 쓰레기봉투
누가 찢었지?

음식물 쓰레기통
누가 넘어뜨렸지?

곤히 잠든 새벽
누가 요란하게 울지?

범인은 길고양이
배고픈 길고양이
외로운 길고양이

길고양이가
미움 살까 봐

울음을 달래고
음식물통을 세우고
쓰레기봉투를 묶는다

미움 살 돈 한 푼 없는
가난한 길고양이

나는 장의사

저 멀리 털뭉치가 희끗거려요.

가까이 가니 아기 고양이 두 마리 화닥닥 달아나요. 머물던 자리엔 들깨나무 있어요. 그 밑엔 작은 고양이 누워 있어요. 벌겋게 뭉개진 왼 얼굴. 가지런히 시든 네 다리. 연분홍 꽃 발바닥을 달팽이가 느릿 기어가요. 뻣뻣한 고양이를 땅에 묻었어요. 어린 두 동생 대신 묻어 주었어요.

네거리에 무언가 누워 있어요.

큰 쥐가 입을 벌리곤 모로 누워 있어요. 입에서 피가 새어 나와요. 바쁜 바퀴에 치였나 봐요. 새빨간 물방울이 검은 길에 흩어져 있어요. 흐늘흐늘, 말랑한 쥐를 풀밭에 묻었어요. 다독다독, 자장가를 들려주었어요.

길바닥에 낙엽이 있어요.

낙엽에 조고만 날개가 돋아 있어요. 어린 참새예요. 참새 엄마는 하루 종일 아기를 기다리겠지요. 돌처럼 굳은 딱딱한 참새를 보드란 흙 품에 안겨 주었어요. 포르릉 소리도 함께 넣어서요.

냄새가 매우 고약해요.

찻길에 누런 걸레가 붙어 있어요. 걸레에 황금빛 꼬리가 달렸어요. 납작한 길고양이예요. 이대로 두면 고양이는 길이 되겠지요. 우두둑, 고양이에게 달라붙은 길을 뜯었어요. 말라비틀어진 울음을 나무 아래 묻었지요.

정거장에 죽은 새가 누워 있어요.

아직 따듯한 새를 두 손으로 감싸 쥐고 집에 데려왔어요. 깃털이 보드라워요. 동글한 이마와 뺨을 어루만져요. 날개는 볼수록 신비해요. 새 도감을 뒤져봐도 이름을 모르겠어요. 흰 종이에 새를 그리기로 해요. 눈을 그리다가 눈이 마주쳤어요. 까뭇한 눈 속에 반짝, 이슬이 어리었어요.

우리는

씨앗일 때 예쁘다
싹 틀 때 예쁘다
잎 자랄 때 예쁘다
꽃 필 때 예쁘다
꽃 질 때 예쁘다
열매 달 때 예쁘다
단풍 들 때 예쁘다
낙엽 질 때 예쁘다
눈 쌓일 때 예쁘다

다 예쁘다

순간순간
언제나 예쁘다.

엄마 아빠의 연애 이야기
- 수수께끼: ○○과 △△는 누구일까요?

아빠는 엄청난 인기쟁이,
가만있어도 빛을 막 내뿜었대
이글이글 열정과 매력이 넘쳐서
가만있어도 수많은 여인들이
아빠 주위를 계속 맴돌았대

엄마는 수줍음 많은 소녀,
아빠를 좋아했지만 말 못하고
항상 멀리서 아빠를 지켜봤대
뭇 여인들이 아빠에게 다가가도
다음다음 자리에서 지켜만 봤대

아빠는 몹시 뜨거운 사내,
수많은 여인들이 다가섰지만
뜨거워서 활활 타오르고 말았대
겁먹고 다가서지 못한 여인들은
너무 추워서 꽁꽁 얼어버렸대

아빠는 미안하고 가슴이 아팠대
엄마는 적당히 거리를 두었대
서로 마음 편해 할 만큼 떨어져
아빠의 곁을 계속 맴돌았대

그러던 어느날 문득 마법처럼
엄마의 몸에 푸른 싹이 돋아 났대
아빠와 엄마가 사랑에 빠진 거지
그래서 우리가 태어나게 된 거래

아빠 이름은 ○○, 엄마는 △△
엄마, 아빠는 지금도 연애 중―

물고기 이름

물고기는
어째서 물고기일까?
물에서 사는
고기라는 뜻일까?

물속에서 지느러미 하늘하늘
신비로이 헤엄치는 저 생명
물 고기 되려고 태어났을까?

물고기와 어울릴
물고기 마음에 들 만한
어여쁘고 새로운 이름
어디 없을까?

예의바른 비둘기

벌레 먹은 쌀 몇 톨
비둘기에게 나눠 주었다

에구구 이 귀한 것을

한 톨 먹고 고맙꾸구구
한 톨 먹고 고맙꾸구구

먹을 때 마다
머리 숙여 절하고
쌀을 내어주신 땅에
입을 맞춘다

벌레 먹은 줄도 모르고

할무니 말씀

아가,
묵을 거 남기픈 죄 짓는 거시여

허연 쌀밥도 한때는
논밭에서 소사사아 춤을 췄고

소금에 절인 배차지도 한 때는
들판에서 푸드럭허니 숨 쉬었고

튀긴 조기 꼴랑지도 한 때는
바다에서 푹덕거림서 헤엄쳤씨야

다 살아있던 생명들잉께
감사히 묵고 값지게 살아야 쓴다잉

....

*배차지: '배추김치'의 전라도 사투리.

*푸드럭허다: '푸르다'는 뜻의 사투리.

*꼴랑지: '꼬리'의 사투리.

불쌍해와 맛있겠다 사이

접시에 놓인 암퇘지의 붉은 속살

동화책 속 귀여운 아기돼지 삼형제

치이익— 노릇노릇 익어가는 삼겹살

어느새 입 안 가득 고여 버린 군침

그 시절 우리는

별들의 길을 따라 걷고
흐르는 강물에 몸을 씻고
나뭇조각 비벼 불꽃을 일으키고
천둥이 몰아치면 엎드려 절하고
겨울엔 동굴에 모여 모닥불 쪼이고

함께 매머드를 사냥하고
일요일이 뭔지 월요일이 뭔지 모르고
주말 연속극이나 크리스마스 선물이 뭔지 모르고
휴대폰이 뭔지 영수증이 뭔지 신용카드가 뭔지
교통사고가 뭔지 냉장고가 뭔지 성적표가 뭔지 모르고

시계 대신 해와 달을 보고
달력 대신 풀과 나무를 보고
말 대신 눈과 가슴으로 말하고
온갖 새와 벌레와 짐승들을 사랑하며
때론 네 발로 드넓은 벌판을 신나게 내달렸던
푸르른, 그 시절 우리

나를 바라보는 흰 고양이

흰 고양이 얼굴 안에 담긴
두 눈

그 눈동자 안에 담긴
나

내 품 안에 담긴
너

집 안에 담긴
너와 나

마을 안에 담긴
나와 너

지구 안에 담긴
우리

나 아무리 작아도

아무리
키가 낮고
가난하고

볼품없는
사람일지라도

자그마한
채송화 꽃의

든든한
바람막이
되어줄 수 있지

상상할 수 없어

내가 형처럼 중학교 교복을 입고
울룩불룩 붉은 여드름이 돋고
목소리가 삐거덕 갈라진다는 것

얼굴에 뾰족뾰족 수염이 나서
아빠처럼 턱을 쭉 내밀고 면도하는 것
겨드랑이에 고불고불 털이 나는 것

밤늦도록 야간 자율학습을 하고
고3이 되어 수능시험을 치르고
여자친구와 손잡고 뽀뽀하고
삼촌처럼 머리 깎고 군대에 간다는 것

엄마가 백발 머리 할머니가 되는 것
내 얼굴에도 쭈글쭈글 주름이 지는 것
우리 개 밍키처럼 언젠가 훌쩍 떠난다는 것

오늘의 노래

나
여기 있어

지금, 여기

나 사라지면
모두 사라져

손가락 끝
종이의 감촉

지금 읽고 있는 글자
책장 넘기는 소리

유리창에 서린 입김
엄마 살 냄새

흰 쌀밥에 달걀말이
잘 익은 깍두기 씹는 소리

고양이의 보드란 털
바람 따라 살랑대는 커튼
커튼에 어린 맑은 햇살

하고 있는 일
하고 있는 생각

하고 싶은 것
가고 싶은 곳
보고 싶은 얼굴

내가 쓸 시
내가 부를 노래
내가 쌓을 추억

내 땀, 내 똥, 내 하품, 내 눈빛, 내 눈물, 내 웃음, 내
비명, 내 버릇, 내 말씨, 내 글씨, 내 향기, 내 허기, 내
아기, 내 주름, 내 꿈, 내 여행, 내 가능성 …

모두 사라져

나 사라지면
세상 전부 사라져

이 시간, 이 공간
다 사라져

아무리 보고 싶어도
날 볼 수 없어

아무리 부르고 싶어도
널 부를 수 없어

아무리 안고 싶어도
더 이상 안을 수 없어

나
여기 있어

지금, 여기

반짝 반짝
살아 있어

하고 싶다의 일생

재밌겠다와 나도가 결혼해
ㅎㄱㅅㄷ을 낳았다
ㅎㄱㅅㄷ은 엄마 아빠의
따듯한 사랑을 먹고 자라
하고 싶다가 되었다
사춘기가 된 하고 싶다는
할 수 있을까가 되었고
오랫동안 열심히 공부했다
그러던 어느 날 거울을 보니
할 수 있을까는 어엿한 청년
할 수 있다가 되어 있었다
이런저런 계획과 목표를 세워
할 것이다가 되었고 드디어
드디어 하고 있다가 되었다
어쩔 때는 갑자기 하기 싫다로
돌변하기도 했지만 다시금
하고 있다로 돌아왔고
어쩔 때는 하지 않았다로
끝날 뻔했으나 하고 싶다는
끝내 했다 끝내 해냈다.

아홉 번의 삶

고양이는
아홉 번의 삶을 산다는데
사람은 평생 한 번의 삶을 살지
난 고양이처럼 여러 번 살고 싶어

첫 번째는
부모님께서 주신 이름으로
그 다음부터는
내가 지은 이름으로

시인 나비면, 가수 김먼지, 화가 김둥, 모험가 비로소,
봉사자, 농부, 수녀 ....

마음 가는 대로 자유롭게
여러 배역 여러 이름으로 떠돌다
영 재미가 없어지면 떠나는 거야
다음 무대, 다른 삶으로

만일 내가 어린아이 된다면

바람 거센 날, 작고 가벼운 몸으로
바람 타고 두둥실 날아오르고
구름사다리 세 칸쯤 가뿐히 건너고
미루나무 꼭대기까지 잽싸게 기어오를 거야

비 오는 여름날, 맨몸으로 비를 맞고
짝사랑하는 그 애에게 용기 내 고백하고
머리를 한 번도 자르지 않고 끝까지 기를 거야
금요일엔 학교 빠지고 숲 속으로 소풍 가야지

매일 아침, 엄마 아빠에게 뽀뽀하고
엄마가 차려 준 밥 배터지도록 실컷 먹고
저녁에는 비행기를 타야지
세상에 한 대뿐인 우리 아빠 비행기

게임방 대신, 진짜 드래곤을 잡으러
친구들과 함께 보물을 찾아 떠날 거야
보물선 타고 잠수함 타고 땅굴을 파고
아무리 멀리 있다 해도 상관 없어

만일 내가 다시 어린아이 될 수 있다면

나는 날 몰라요

왜 울었는지
왜 짜증냈는지
왜 소리 질렀는지

일분 후의 나를 몰라요
하루 전의 나를 몰라요
방금 전의 나도 모르겠어요

어쩔 땐 기분이 좋아 구름 속을 날고
어쩔 땐 호수 밑바닥까지 한없이 가라앉고
어쩔 땐 강아지 꼬리처럼 까불대고
어쩔 땐 수업 시간 벽처럼 얌전해요

어쩔 땐 엄청 착한 아이가 되고
어쩔 땐 배고픈 공룡처럼 사납게 굴어요
사실 착한 게 뭔지 나쁜 게 뭔지
그것도 잘 모르겠어요

나는 날 몰라요

마음의 방

사람들은 저마다
방 하나씩 갖고 있다는데
내 마음의 방은
아주 넓었으면 좋겠다

이불에 자꾸 오줌 지리는 강아지
꼭두새벽 애기처럼 우는 길고양이
아끼는 로봇 팔을 부러트린 동생
그럴 수도 있지 하며 편드는 엄마

돼지코라고   놀려대는 녀석들
산더미처럼   밀려있는 방학숙제
시끄러운 자동차 경적소리

길가에 핀 들꽃 한 송이부터
세계에서 제일 높고 크다는
에베레스트 산과 태평양 바다까지

모두 들어갈 수 있는
아주 넓고 깊은 방이었으면 좋겠다